この指にとまって幸せだったかい

川柳絵句集

Konoyubi ni tomatte shiawase dattakai

伊藤勝一・絵

Senryu Ninomiya Shige
Illustration Ito Katsuichi

新葉館出版

序

時の経過が毎年早く感じられるようになってきた。ときに時間を止めてゆっくりと何かを考えてみたくなる。例えば、人生や楽しみごとや、家族とくに子供たちの将来のことなどいろいろある。

世の中も大変難しい時代となり、先のことが予測できない、不安な時代になってきた。

そこにきた空前の「癒し」ブームである。世間で騒がれている「癒し」については、専門家として眉をひそめることもあるが、それによって多くの人の心が癒されるのであれば、いたずらに否定することはないと思う。本来の「癒し」とは、専門的に言えば愛とＥＣＯとリラクセーションの三つに集約される。

さて、私と二宮茂男さんとの関係は、ある学会の理事長と事務局長というもので、日ごろは私が九十％以上お世話になっているのが現状で、私のほうが貢献しているのは十％もないと思う。ほぼ十年ぐらい御指導を受け、いろいろと相談にものっていただいている。何事もきちんとされた方で、さすがに官僚出身の方と感心している。二宮さんは真面目人間で、堅物、善人というイメージが強く、ユーモアの世界とは縁のない人と思っていたら、なんと川柳が趣味であると聞いて大変驚いたものである。それも趣味というよりは天職と考えているらしいと人より聞いてまた驚いたのである。

その二宮さんが「癒し」をテーマにした川柳句集を上梓されるという。川柳を読むことによって、笑ったり、安心したりして、前向きな気持ちになれるのであれば、私は川柳で「癒し」の効果が充分得られるのではないかと思う。

二宮さんように自分の仕事以外に趣味の世界、あるいは本人にとって天職のような世界を持っている人は幸せである。このような生き方ができる人は魅力があって、どこか強い人（ストレスに強い人）のように思う。

平成十六年三月

東京大学医学研究科ストレス防御・心身医学教授

久保木　富房

川柳絵句集

この指にとまって幸せだったかい

プライドで見えぬあなたの美しさ

振る度に大きくなっていく尻尾

振り返るほど神様は暇じゃない

しがらみに揉まれて頭から脱皮

一滴の涙で育つ思いやり

大の字の猫の尻尾の置きどころ

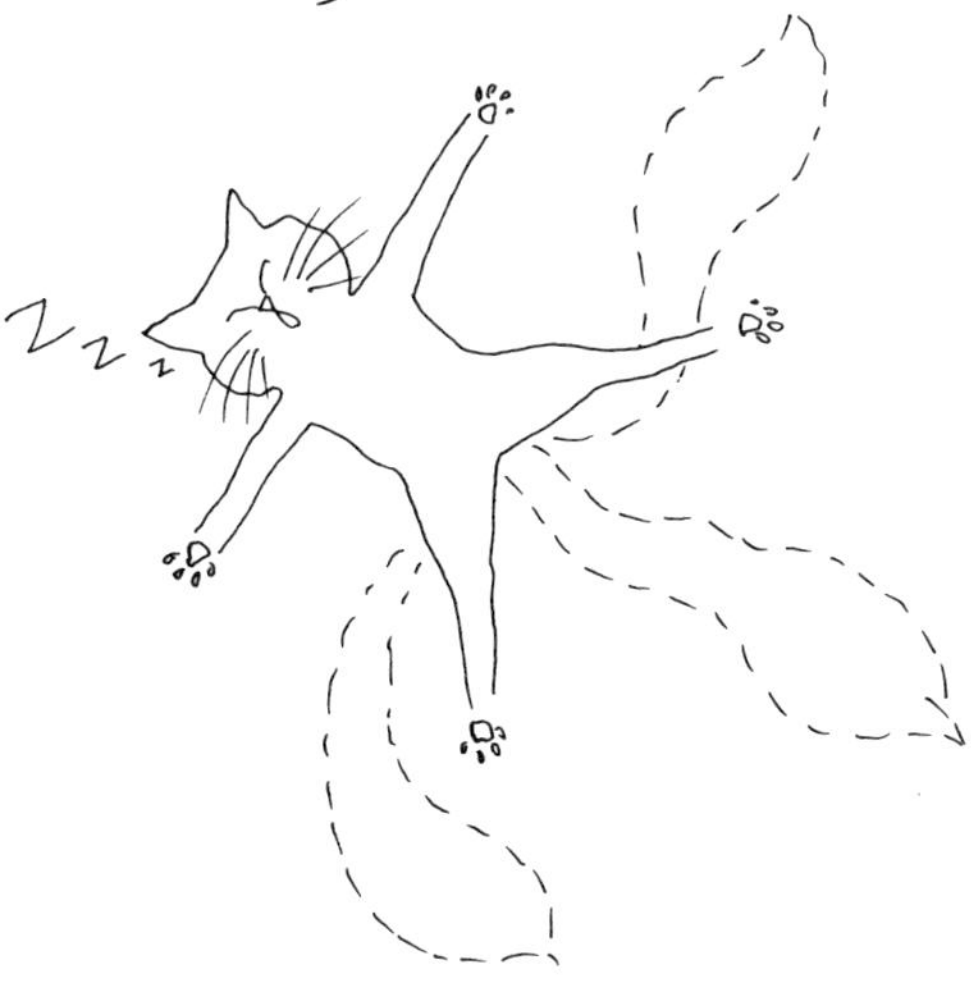

人の世を洗って海へ帰る川

リボンしたポチは吠えない三代目

すぐ笑う鬼と笑わぬ仏様

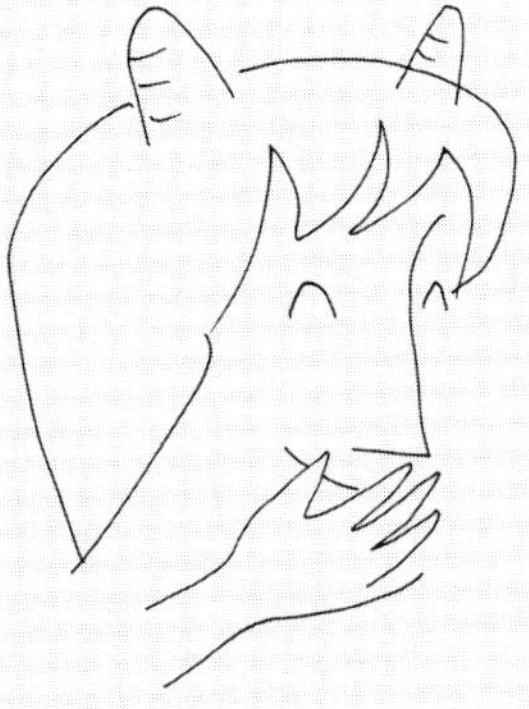

ひょっとこの足跡消しているおかめ

転んだら起きずに少し休みたい

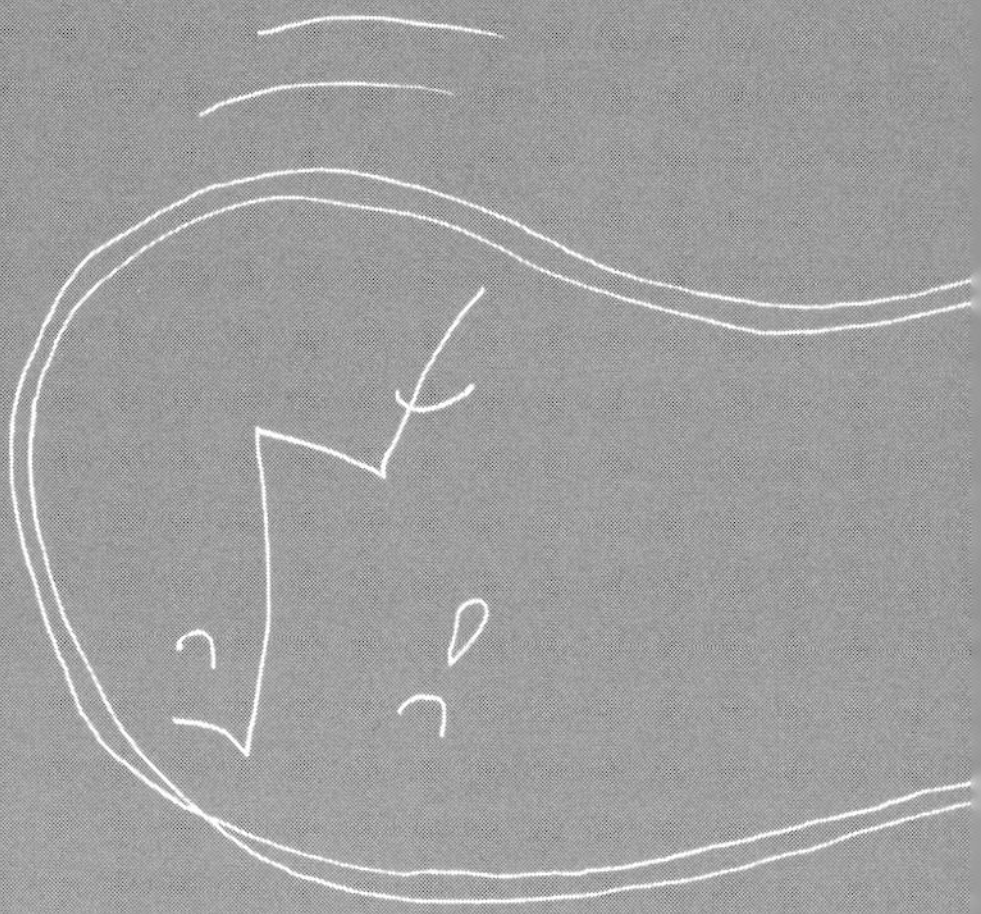

思い出を束ねてのびている輪ゴム

愛されている目で覗き込む鏡

結論が先で待ってる男坂

生き下手なあの人きっと死に上手

生まれ出る拳の中の小宇宙

ある日ふとパッと広がる自分色

言い訳の横で笑っている数字

石頭だけは隠せぬベレー帽

揺れる世を真っ直ぐに来る千鳥足

いじめられたのかも知れぬ流れ星

怒るふり泣くふりそれを見ないふり

絵に描いた明日へ飲ませる今日の汗

永遠の愛に浸かった大欠伸

税務署へ献血に似た人の列

凶とでた今年もなんとなく師走

このままでいいと言ってる鼻の先

深呼吸二回程度のリフレッシュ

親切へその三倍もいる勇気

正論が逆さに浮かぶ燗冷まし

左手で頭をかいている握手

迷ってる心と歩き出した足

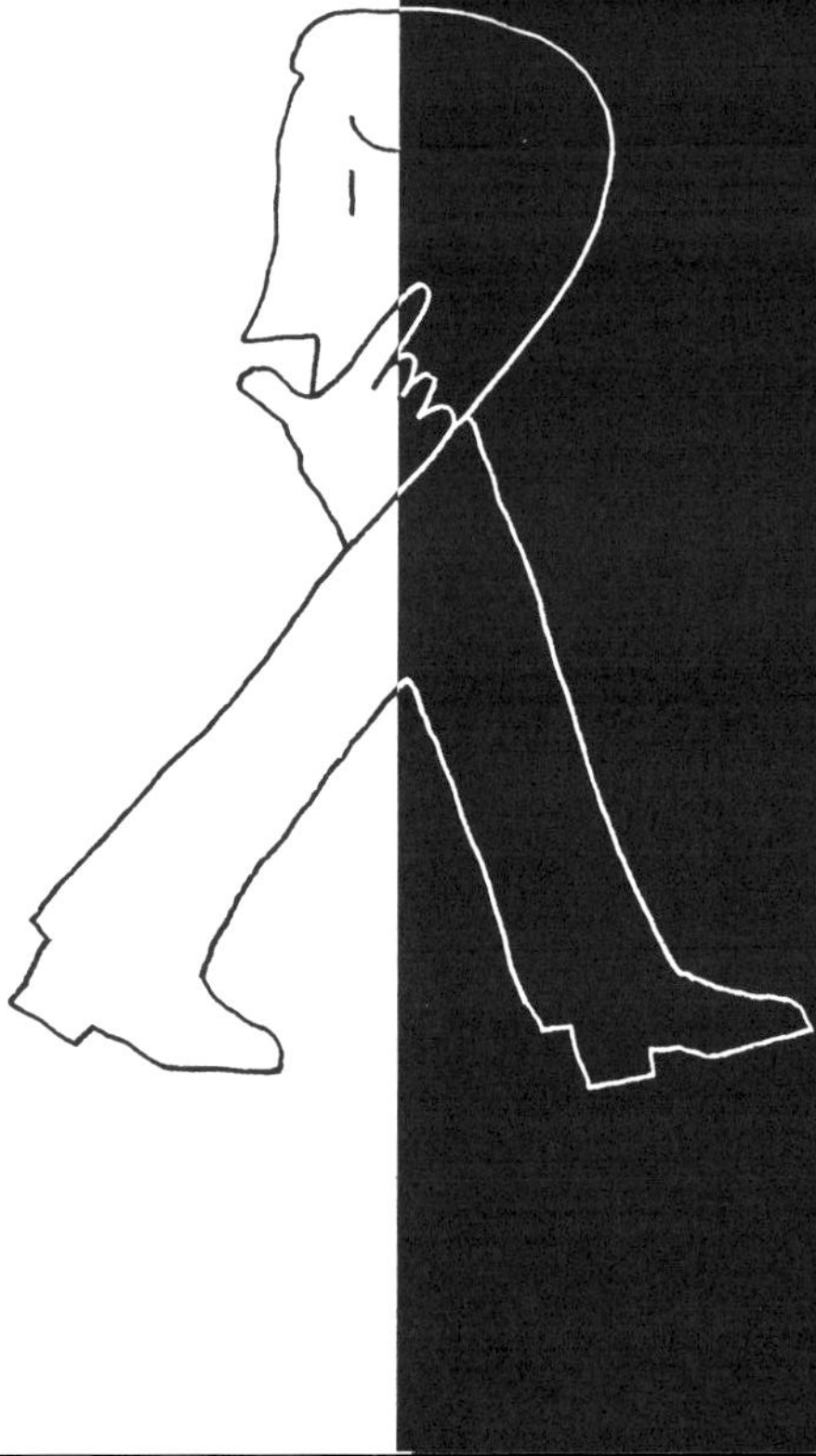

満月を遊ばせている水溜まり

エクスキューズミーそよ風が横切った

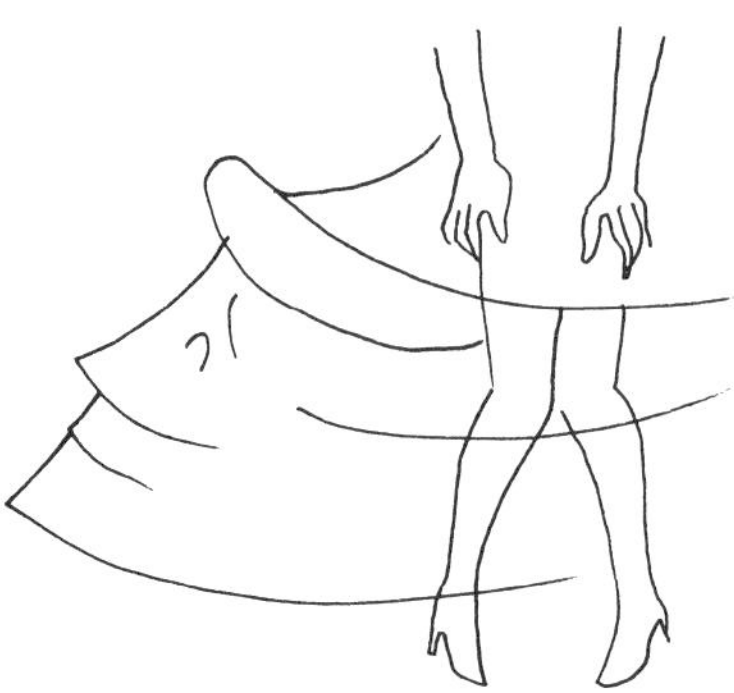

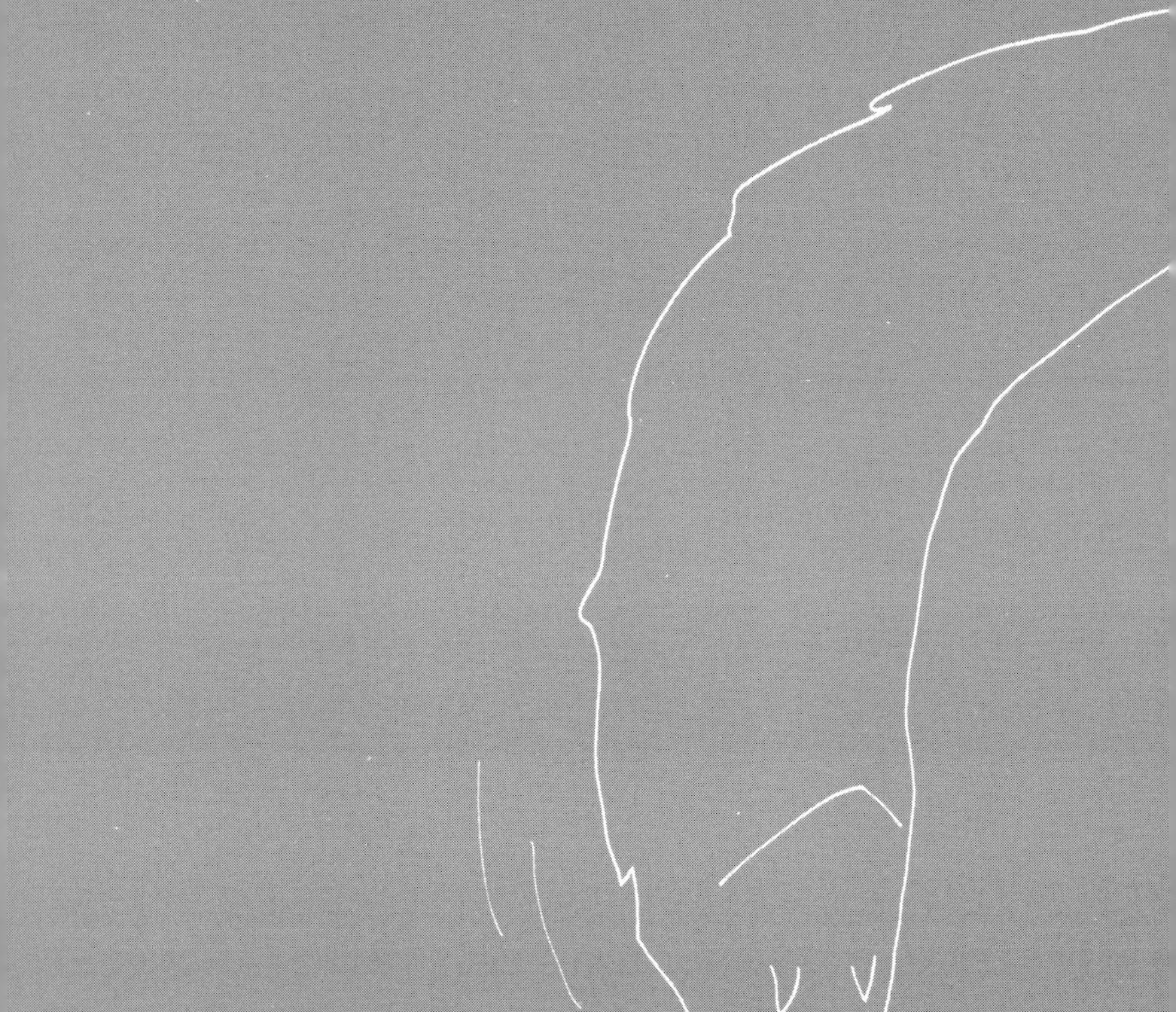

書き足した尻尾と時に笑い合う

これまでもなんとかなってきた財布

虚と実の谷間をくねる花の道

それぞれの涙の先の避難場所

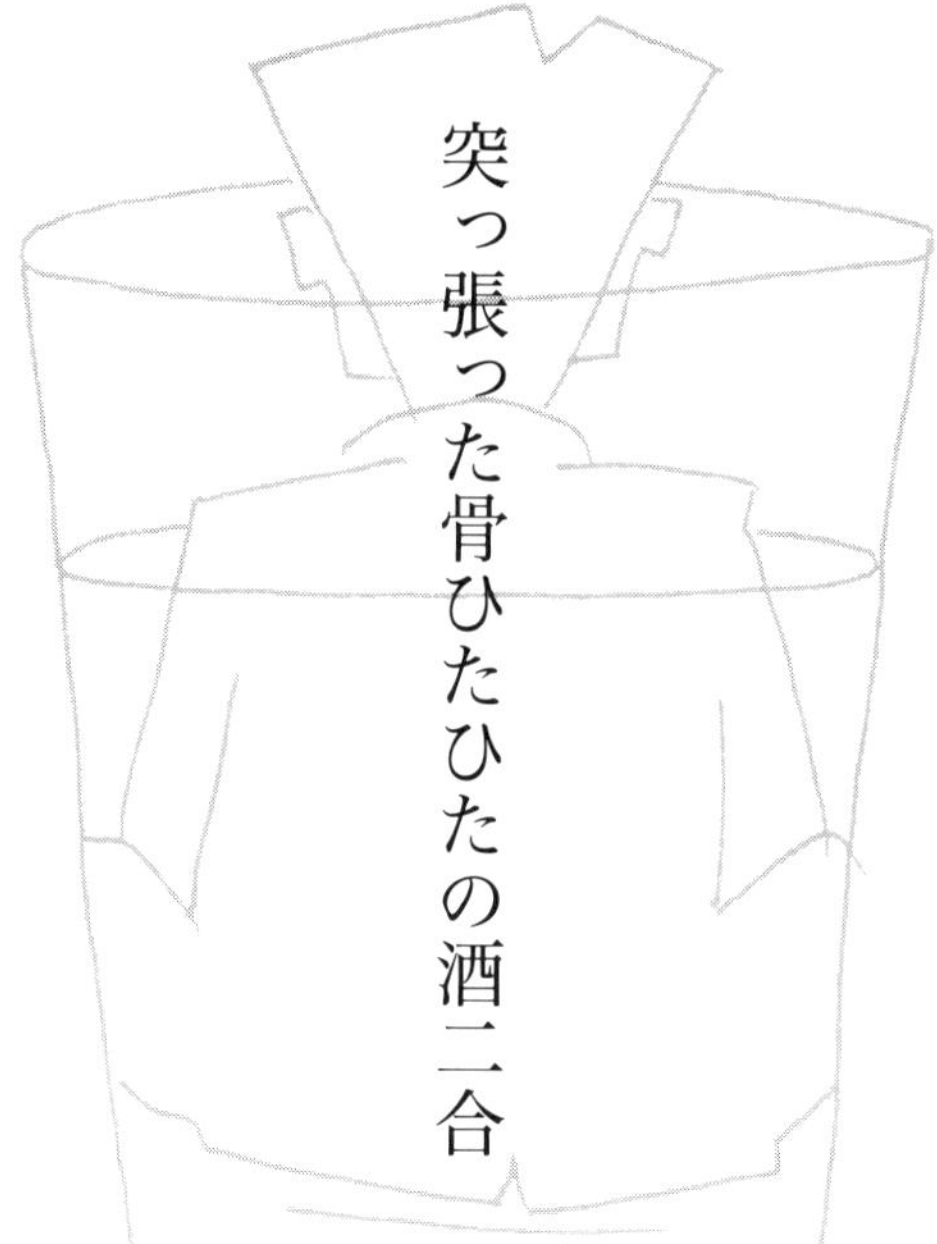

突っ張った骨ひたひたの酒二合

どこまでも濁らずにいるイロハニホ

別々に住めそうにない鬼仏

かあさんの嘘にはいつか花が咲く

窓一つだけは自分へ開けてある

足元が見えなくなった二重まる

底なしの沼の底なる起爆剤

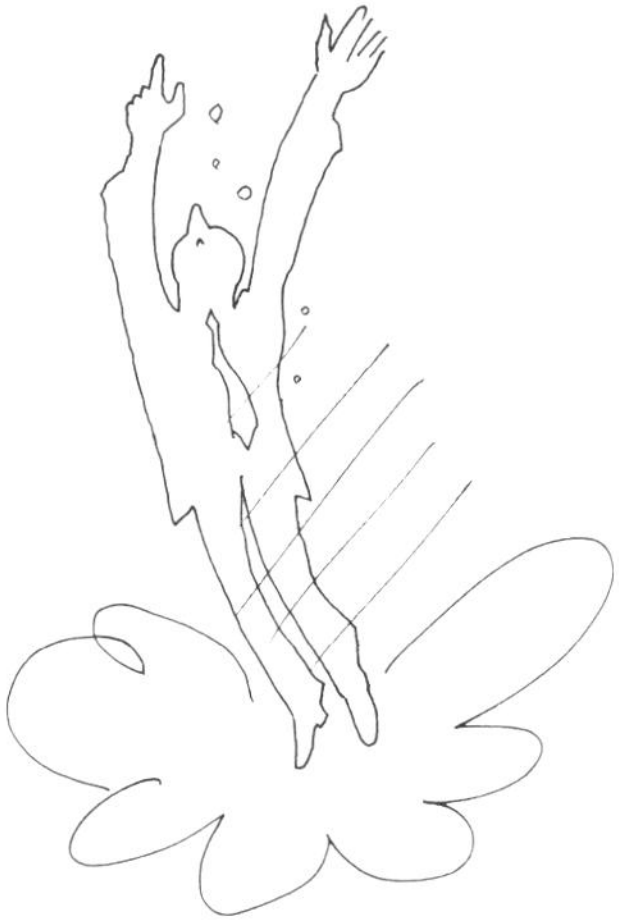

正解のない決断をする涙

永久に不滅我が家の卵焼き

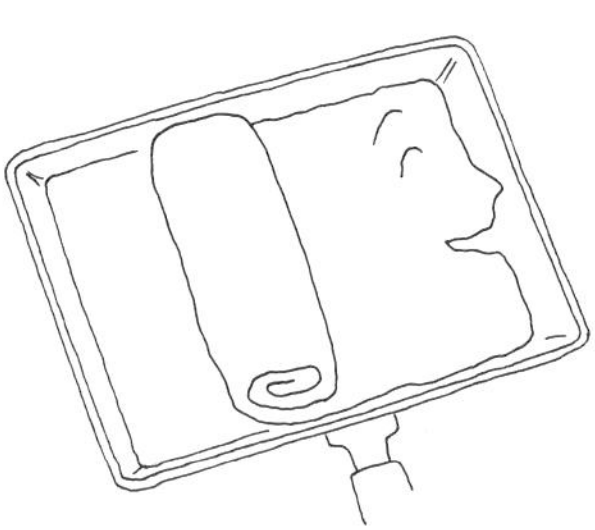

五十年泳いで妻の手に還る

親と子の間に立てる愛の盾

神様が頭をかいている夫婦

飛び起きた気分で決まる今日の色

この指にとまって幸せだったかい

どこからかいい風が来る自由席

上向いて明日を探す福寿草

働いてなお貧しくて花を買う

体内を流れる川で飼うドジョウ

きっかけを二人であける缶ビール

言い訳の近くへ投げる浮き袋

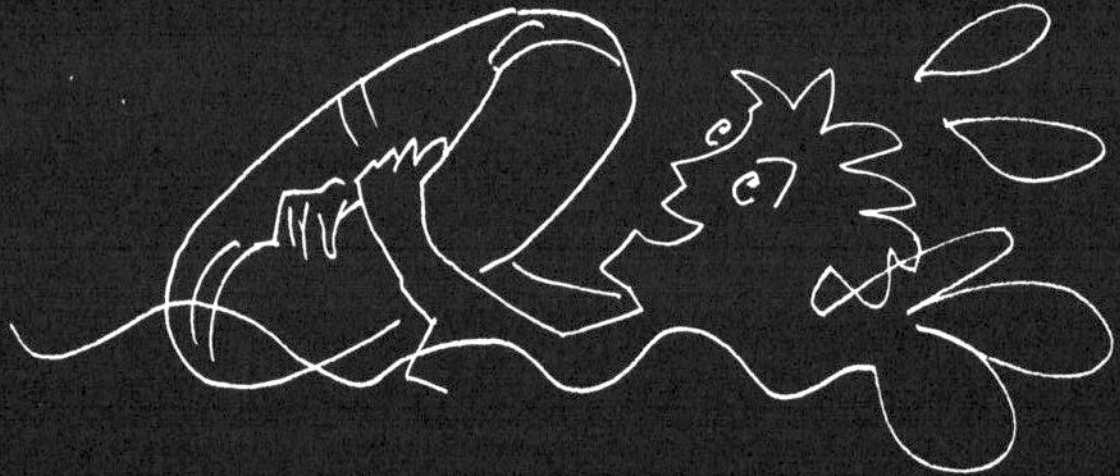

好きだから少し離れて席を取る

いい風に乗ったいつもと違うボク

柔らかくなって弾んでみたい石

窓開けて風を着替える空き時間

チャンバラになるぞ笑顔で後ずさり

くすぐると泥を吐き出すきれいごと

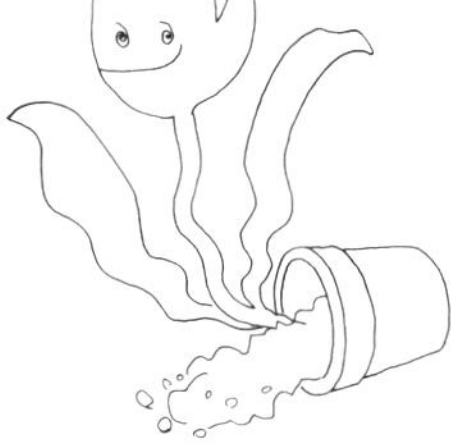

ボクを出て俺へ帰って来ることば

茶柱が立った二人の鉢合わせ

一日の疲れ笑顔でラッピング

笑わせて運を味方に引きつける

足跡の一つと旅で話し込む

しがらみを抜けたところに風の道

変わらなきゃ嫌な自分とにらめっこ

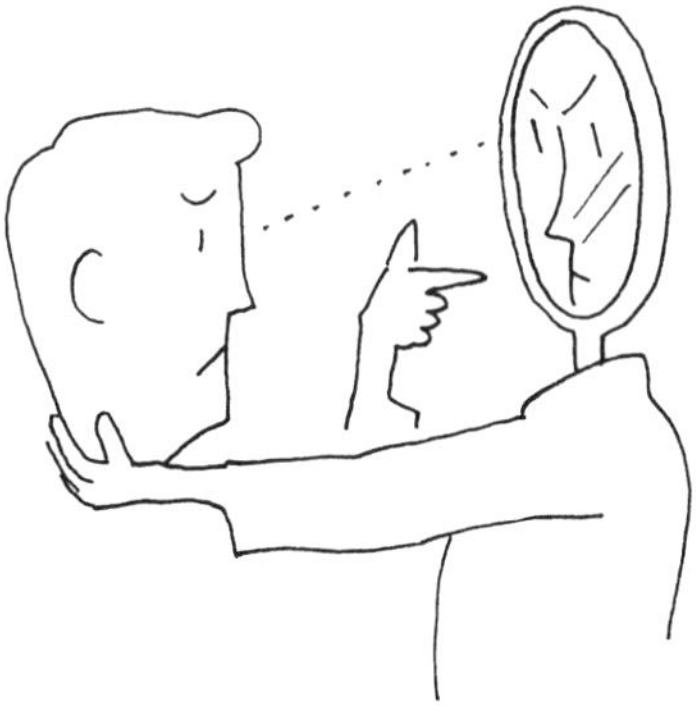

貧乏揺すりじっとしているのが苦手

自分史の要所要所に書く拍手

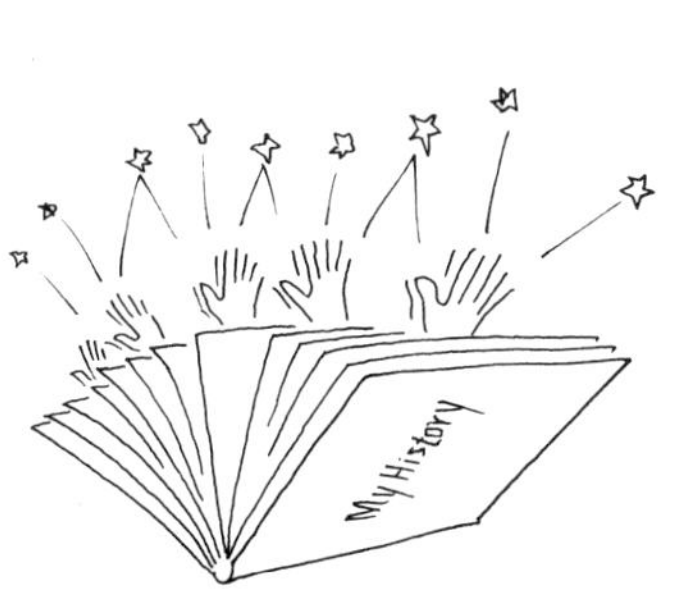

どの面を着けても透けている素顔

冗談の下手な蕾へ風が来る

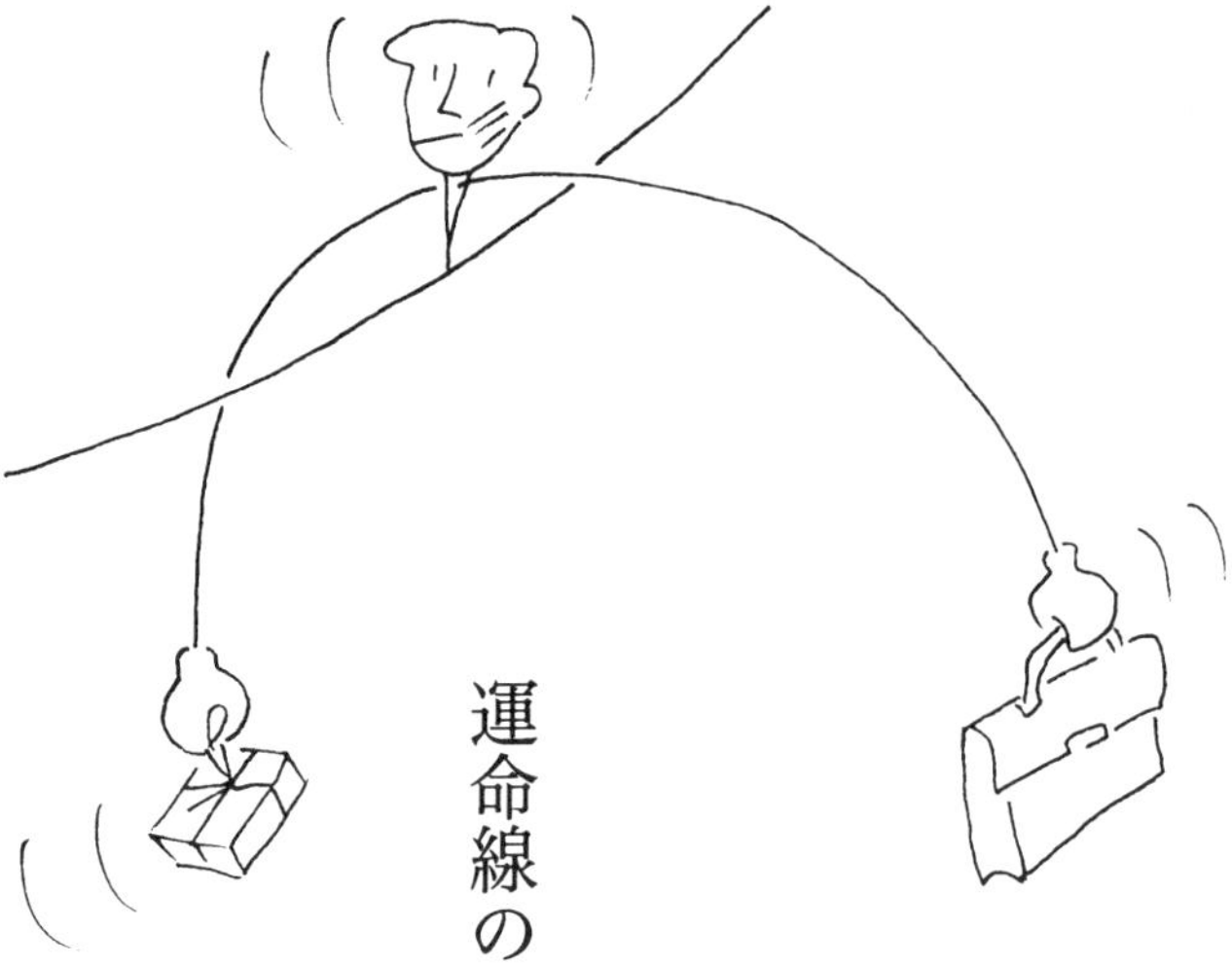

運命線の上を酔っ払って歩く

下向いた男に当たる流れ弾

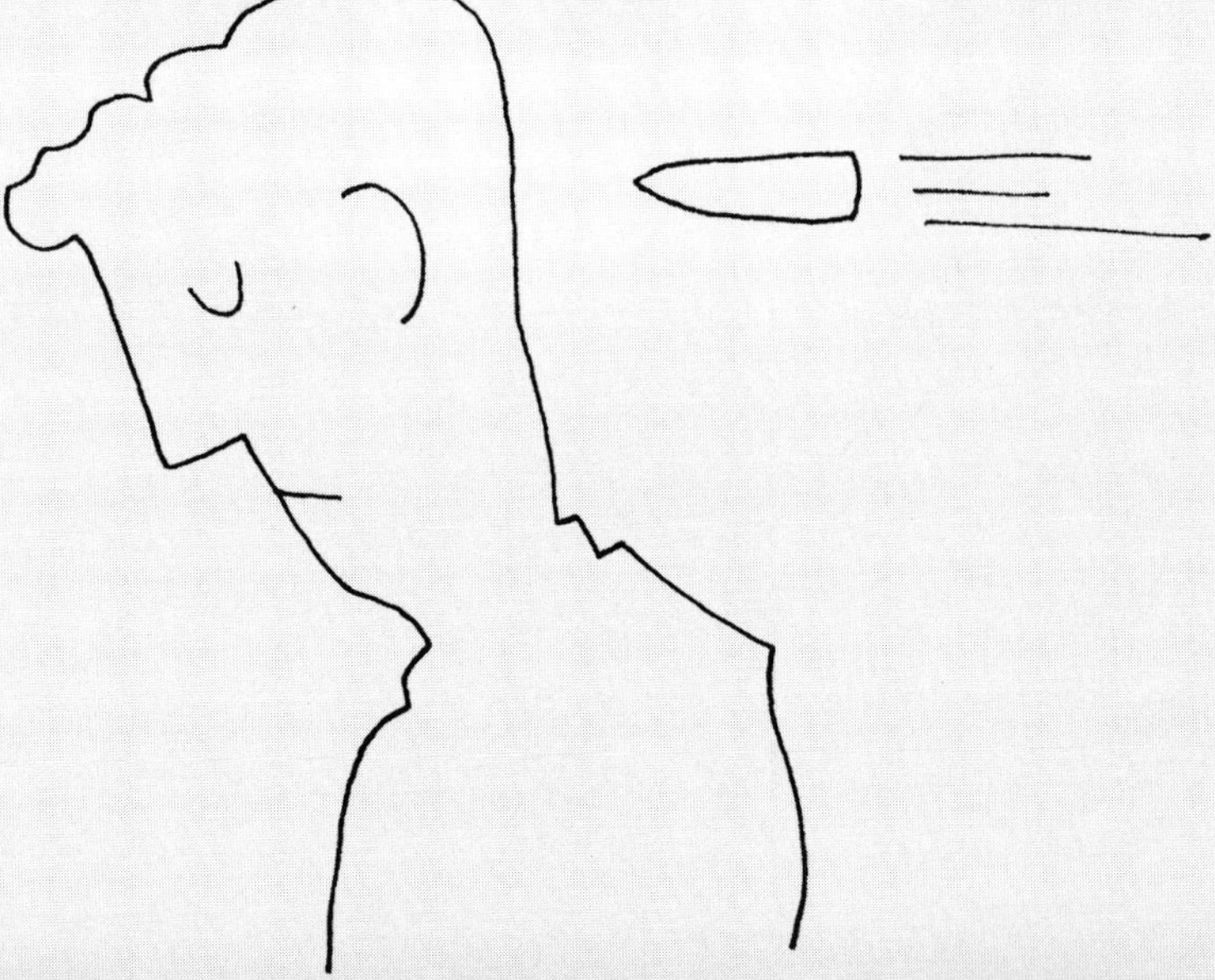

思い積む節目ふしめへたらす酒

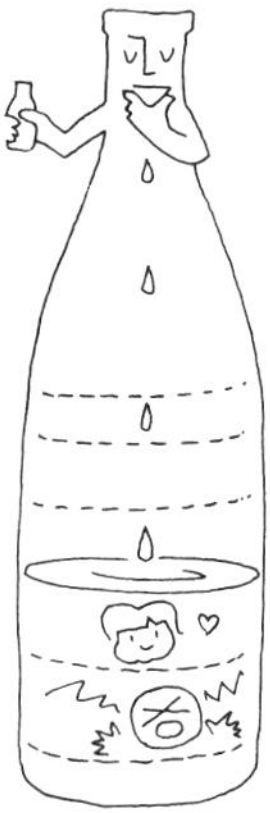

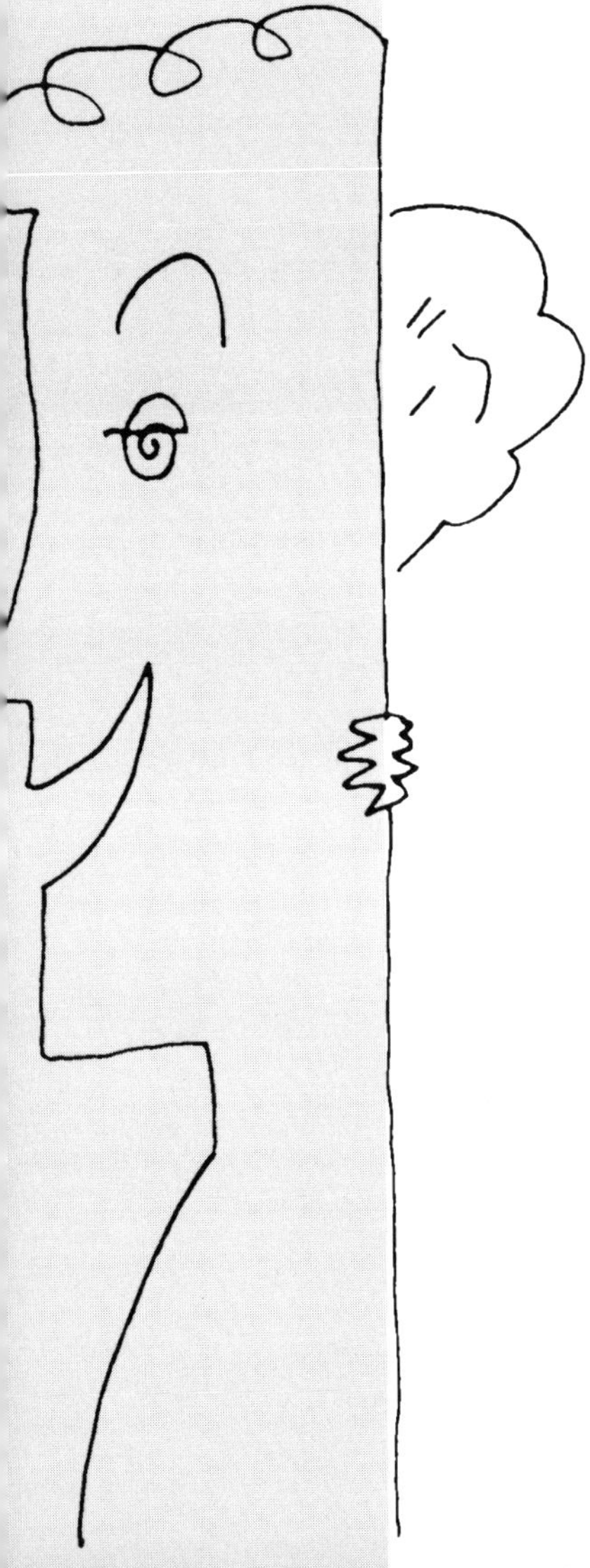

あきれ果てた自分を尾行した自分

もう起きぬ母を起こしている時計

安心を買いに危険な橋渡る

楽しかったことは内緒の空財布

妻の手の上で精一杯の芸

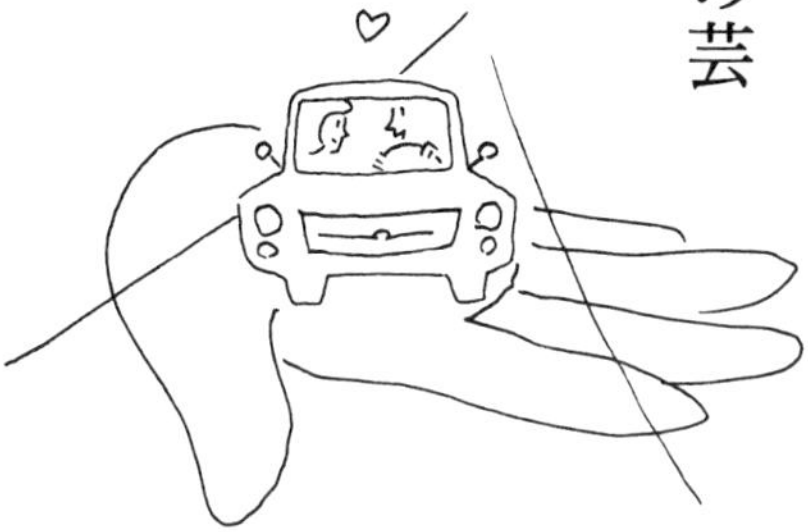

式で泣く女と後で泣く男

骨壺へもぐる最後の隠し芸

未来図へそっと描き足す非常口

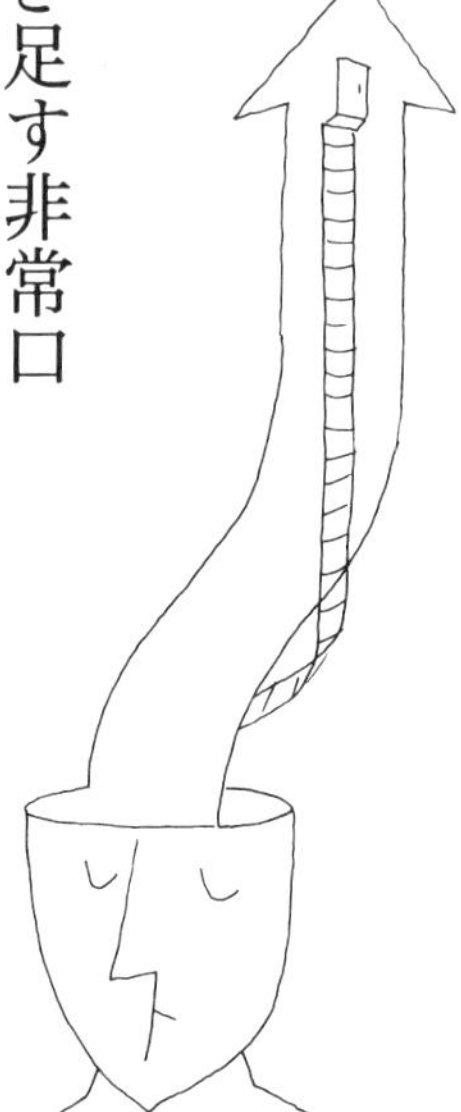

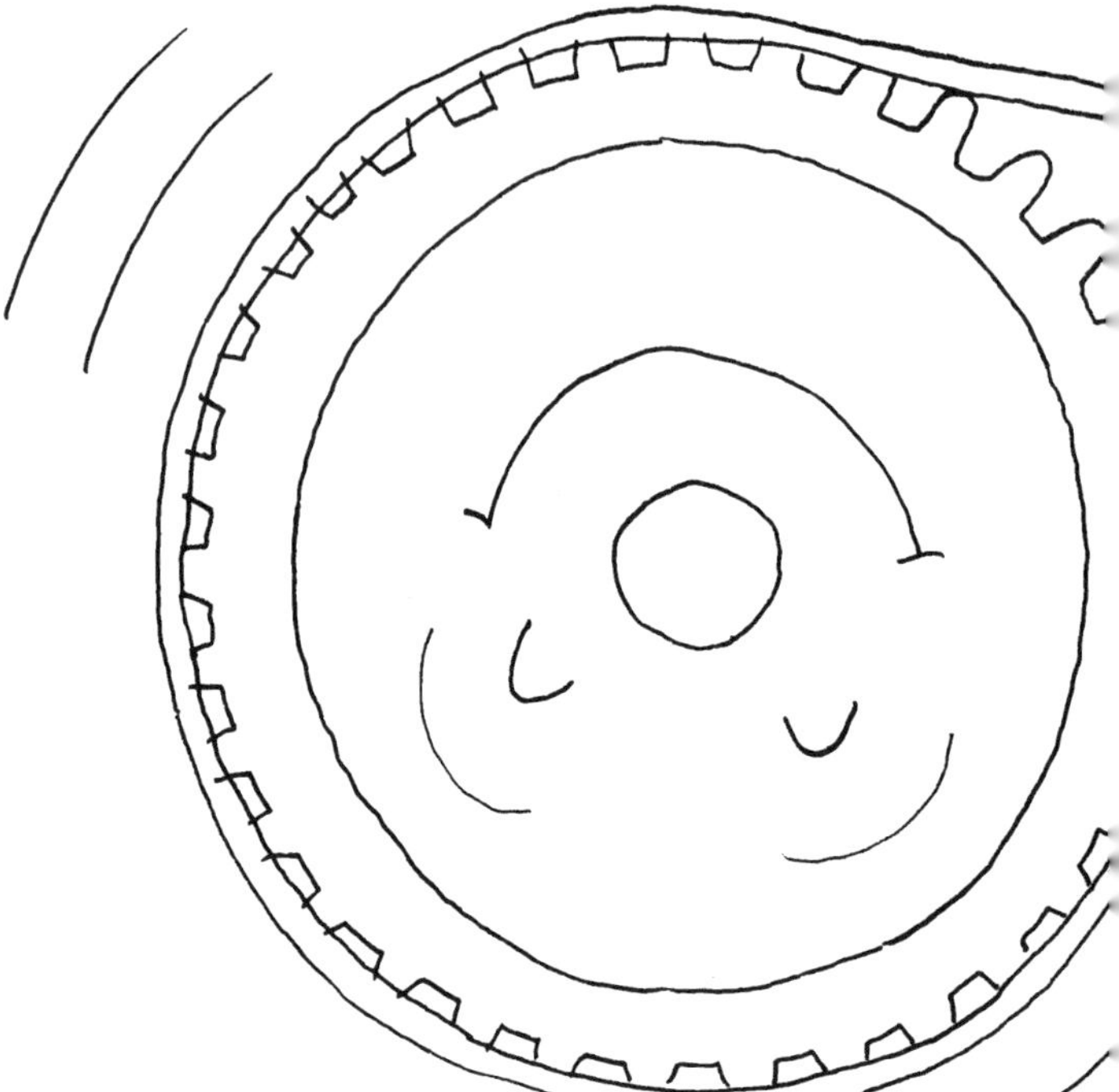

これまでが回すこれからの歯車

昨日から自分自身と話し中

愉しみな明日が歩いてやって来る

あとがき

　この句集は、不思議な縁に押されて世に出た。人から句集出版を勧められても、ごく私的な句を除いて、全ての作品をホームページ（http://www5.ocn.ne.jp/~nino/）で公開している私は、上梓するなら、過去に出版経験のない形の「句集」にしたいと考えた。

　そんな時、恩師の墓参で、五十年ぶりに、デザイナーの同級生・伊藤勝一さんと巡り会った。言葉の「癒し」力を追う茂男の句と、伊藤勝一さんのほのぼのとした味のあるオリジナル作品を、結びつけてみようという話がトントン拍子で進んだ。伊藤さんが、句と適度の距離を空けた、さらりとした絵をつけてくれた。くどくならないように苦労したと言う。

一方、私は反骨で小心者。貧しい家庭に育ち、八歳の時、リューマチ熱が原因で心臓弁膜症になり、二十歳まで生きられないと学校医に言われた。が、「明日は全て良くなる」と繰り返し自分に言い聞かせて生き抜いた。言葉の持つ力に魅せられている。生涯学習で、いつでも、どこでも、独りでも学べる川柳を学び続ける。本音が見えにくい世を素手で探り、素足で歩く。足元を見詰める質素な暮らしの中での、心の揺れを平易な言葉で書き続けたい。例えば、「ジャンケンに勝って寺まで母背負う」という句をキャッチフレーズに、母を自宅で介護した。母は、私に抱かれて九十歳で他界した。素敵なフレーズや句に潜む癒し効果を疑わない。この一句一句に響き合い、共鳴し合う、癒しの輪が広がれば嬉しい。

お忙しい中で序文を書いて頂いた久保木富房先生、最初から最後までお世話になった新葉館出版の竹田麻衣子さんに、改めてお礼申し上げます。

平成十六年三月

二宮　茂男

【著者略歴】

二宮 茂男（にのみや・しげお）
1936年横浜市生まれ。中央大学法学部卒。川柳歴20年。川柳路吟社副主宰。横浜川柳懇話会・横浜文芸懇話会幹事。二宮川柳会講師。

伊藤 勝一（いとう・かついち）
1937年横浜市生まれ。武蔵野美術大学卒。多摩美術大学造形表現学部講師。（株）伊藤勝一デザイン室主宰。書体、ロゴ、シンボル、VIデザイン、イラスト、広告の制作を中心に活動。著書に「漢字の感字」「あいうのえほん」。

川柳絵句集

この指にとまって幸せだったかい

○

平成16年 5 月 15日 初版

著 者
にのみや しげお

絵
伊 藤 勝 一

発行人
松 岡 恭 子

発行所
新 葉 館 出 版
大阪市東成区玉津1丁目9-16 4F 〒537-0023
TEL06-4259-3777 FAX06-4259-3888
http://shinyokan.ne.jp E-Mail info@shinyokan.ne.jp

印刷所
FREE PLAN

○

定価はカバーに表示してあります。

ISBN4-86044-222-9